Turtle BOOKS

**La Cucaracha Martina**
Copyright © 1997 by Daniel Moreton

First published in 1997 by Turtle Books

Book and cover design by Daniel Moreton

The illustrations in this book were created on an Apple™ Macintosh using Adobe™ Illustrator.

*The publisher wishes to extend a special thank-you to Ralph Tachuk.*

para Mami y Papi, con todo mi alma

Gracias a Leo!

First Edition
Printed on 80# Mountie white, acid-free paper; Smyth sewn, cambric reinforced binding
Printed and bound in the United States of America

10   9   8   7   6   5   4   3   2

**Turtle Books, 866 United Nations Plaza, Suite 525, New York, NY 10017**

Library
of Congress
Cataloging-in-Publication Data
Moreton, Daniel.
[Cucaracha Martina.  Spanish]
La Cucaracha Martina : un cuento
folklórico del Caribe / recontado e ilustrado por
Daniel Moretón ; traducido por Miguel Arisa.  p.  cm.
Summary: While searching for the source of one
beautiful sound, a ravishing cockroach rejects marriage
proposals from a menagerie of city animals which woo her
with their noises. ISBN 1-890515-04-3 (hardcover : alk. paper)
[1. Folklore–Caribbean Area. 2. Cockroaches–Folklore.
3. Animal sounds–Folklore. 4. Noise–Folklore. 5. Spanish
language materials.]  I. Arisa, Miguel, date.
II. Title. [PZ74. 1.M77  1997]
398.2'09724'04525728 [E]–DC21
97-13634  CIP  AC

**Distributed by
Publishers Group West
ISBN 1-890515-04-3**

# La Cucaracha Martina

**un cuento folklórico del Caribe**

Traducido por Miguel Arisa

Recontado e ilustrado por **Daniel Moretón**

Turtle Books     New York

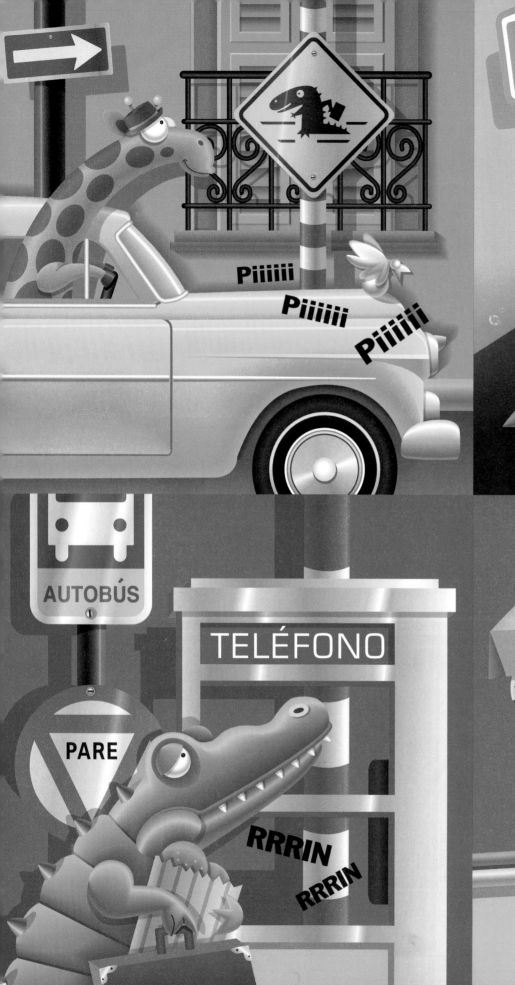

A la Cucaracha Martina no le interesaba mucho la vida en la gran ciudad. No le gustaban los animales que se pasaban el tiempo en la esquina y el pensar que alguien la fuera a pisar le aterrorizaba.

¡CATAPLÁN!

¡CATAPLUM!

**P**ero era el ruido lo que menos le gustaba a Martina. Los sonidos estrepitosos de la ciudad le molestaban sus oiditos y no la dejaban dormir toda la noche.

CLANK BAM BAM CHAS

PIIIIIIIIIIIIIIIIIIIIIIII

CRACH PLOM PLOM BUUU

UUUUUIIIIIIIIIIIIIIIIIIIIIIIIIIIIII

Tic Toc!
Tic Toc!

En algunas noches, sin embargo, cuando todo estaba tranquilo, Martina oía un *hermoso* sonido, un sonido suave y dulce que deambulaba por la noche como un leve susurro. Era el sonido más fabuloso que ella jamás hubiera escuchado y le hacía sentir un cosquilleo por dentro.

**U**n lunes tempranito en la mañana, la Cucaracha Martina decidió arreglarse y salir en búsqueda del hermoso sonido. Llevó un poco de dinero al mercado y allí compró—

un cepillo de cabello

un lápiz para delinear los ojos

pintura de labios

tres piezas de goma de mascar

y

una caja grande de talco.

Martina se apresuró. Se cepilló el cabello y se arregló la cara.
Se lustró los zapatos y se abotonó su mejor vestido.

PUF!
PUF!
PUF!

POF!
POF!

Nunca se había visto una cucaracha tan hermosa.

**C**uando sonó el silbato del mediodía, Martina ya había salido en pos del hermoso sonido. No había caminado aun una cuadra cuando el Perro la paró.

—¡Buenas tardes, Cucaracha Martina! —dijo el Perro—. Luce más bonita que nunca hoy.

—Gracias—dijo la cucaracha, apretando su cartera.

—¿Se casaría conmigo? —le dijo el Perro sonriendo.

—Oh, no podría de verdad —le contestó Martina—. Estoy buscando un hermoso sonido.

—¿Un hermoso sonido? —preguntó el Perro.

Y el Perro dijo ...

¡JAU!

¡AUF

¡AUF

¡AUF

—¡Qué ruido más horrible!

—espetó Martina,

y echó un pie calle abajo.

La Cucaracha Martina seguía su camino cuando el Cochinito de repente le obstruyó el paso.

—¡Con permiso!— dijo la Cucaracha.

—¡No hay permiso que valga! —chilló el Cochinito—. Es usted la cucaracha más maravillosa que yo haya visto en mi vida. ¿Se casa conmigo?

—No puedo casarme contigo —dijo Martina—. ¡Eres un cochino! Y además, estoy buscando un hermoso sonido.

—¿Un hermoso sonido? —resopló el Cochinito.

Y el Cochinito dijo ...

—¡Qué ruido más horrible!—
dijo la Cucaracha Martina, y se
lanzó como una flecha calle abajo.

**A**l cabo de
un rato, el Gallo
pasó corriendo
por el lado de la
Cucaracha Martina.

—Perdóneme, señorita de tan
vistoso talante, es usted una
cucaracha muy espléndida—,
dijo el Gallo—. ¿Se casaría conmigo?

—No creo que pueda, ya ve,
estoy buscando un
hermoso sonido.

—¿Un hermoso sonido?
—cacareó el Gallo.

Y el Gallo dijo ...

clic
clic
clic
clic
clic
clic

kikirikiiiiiiiii i i
kirikiiiii
kirikiiiiiki
kirikiiiiki
ki

Rápido Rooster

—¡Dios mío, qué ruido más tremendo!
—dijo Martina y muy campante siguió
su camino en búsqueda
del hermoso sonido.

Los días pasaron y la Cucaracha Martina se convirtió en el tema de conversación de toda la ciudad. Todos los ojos la seguían mientras ella chancleteaba calle abajo. Los animales venían de todas partes para darle un vistazo a la encantadora cucaracha en búsqueda del hermoso sonido.

**Y el Ratoncito ...**

# ¡CUI!
# ¡CUI!
# ¡CUI!
# ¡CUI!

Y el Toro

desde ¡nada menos que

Brasil!

m u u u u u u

Pasaron las semanas y la Cucaracha Martina pensaba solamente en el hermoso sonido. Ningún otro sonido la satisfacía...
ni el Pez,

GLUB, GLUB, GLUB, GLUB

ni el señor Pulga,

**PIN!**

**PIN!**

**PIN!**

**PIN!**

ni siquiera don Abejón.

BUZZZZZZZ

Pasaron los meses y la Cucaracha Martina anhelaba solamente escuchar otra vez al hermoso sonido. Quería continuar la búsqueda pero sus seis piececitos no podían más del cansancio.

Y fue en esa mismísima noche, mientras se preparaba para acostarse, que la Cucaracha Martina oyó un sonido familiar, un sonido suave y dulce, un hermoso sonido.

Era, de hecho, *el* hermoso sonido. Crecía y se hacía más y más fuerte y cada vez más hermoso hasta que llenó todo el cuarto. Martina, loca de contenta, dio varios tropiezos en lo que llegó a la ventana.

**A**llí, bajo el farol iluminado, había un pequeño grillo haciendo el sonido más hermoso que jamás nadie había oído.

—**Buenas noches**— chirrió don Grillo.

—**Buenas noches**— suspiró la Cucaracha Martina.

—Usted es la cucaracha más hermosa que yo haya visto—le dijo el Grillo en una serenata.

—Y usted hace el sonido más hermoso que yo jamás había oído—replicó la Cucaracha—. ¿Se casa conmigo?

cantó el Grillo.

—Sí me caso contigo.

¡SÍ!

2-C

AVENIDA DE AMOR

Y sin más ni más casaron. . . .

La familia y los amigos vinieron a gatas o arrastrándose desde todas partes sólo para ser testigos de esta ocasión tan sensacional. Desde el tío Ernie hasta la tía Hortensia, todo el mundo estaba de acuerdo— ¡la boda fue un éxito rotundo!

No pasó mucho tiempo antes de que la Cucaracha y el Grillo se mudaran. Se fueron al campo, donde una cucaracha y un grillo pudieran disfrutar de los sonidos del silencio. Por las noches jugaban al bingo, hacían chocolate caliente y contemplaban las estrellas. Y, a veces, en noches especiales, cuando todo estaba tranquilo, llenaban la noche con el hermoso sonido.